Hrsg. Sina Blackwood

Mit einem Schmunzeln

S úsměvem

Bibliografische Informationen der Deutschen Nationalbibliothek:
Die Deutsche Nationalbibliothek verzeichnet diese Publikation in der Deutschen Nationalbibliografie; detaillierte bibliografische Daten sind im Internet über https://dnb.de abrufbar.

Coverbild: Sonnenblume   Sina Blackwood
Umschlaggestaltung: Sina Blackwood
Layout: Sina Blackwood

Herstellung und Verlag:
BoD – Books on Demand, Norderstedt
ISBN: 9783758302183

FSC
www.fsc.org
MIX
Papier aus ver-
antwortungsvollen
Quellen
Paper from
responsible sources
FSC® C105338

ಶಿ * ಶಿ * ಶಿ * ಶಿ * ಶಿ * ಛಿ * ಛಿ * ಛಿ * ಛಿ * ಛಿ

Mit einem Schmunzeln

S úsměvem

ಶಿ * ಶಿ * ಶಿ * ಶಿ * ಶಿ * ಛಿ * ಛಿ * ಛಿ * ಛಿ * ಛಿ

Inhaltsverzeichnis

Standorttreue

Schade, dass die Laubbläser nicht in den Süden ziehen, wie Rasenmäher und Hochdruckreiniger. Lebt doch bei uns ein ganz penetrantes Exemplar. Zwei bis drei Mal pro Woche kann man dem stundenlangen lieblichen Gezwitscher lauschen.

Kein Wunder, dass schon bei der puren Nennung des Wortes „Laubbläser" die meisten Lärmgeplagten aggressiv zu reagieren beginnen.

Ich habe auch schon mehrmals überlegt, ob ich dem komischen Kauz, der mit Inbrunst das ganze Viertel beschallt, aus dem Fenster meinen schweren Büro-Locher an den Kopf werfen sollte.

Dieser Kerl, von wem auch immer er bezahlt wird, bläst ganzjährig mehrmals die Woche imaginären Staub, sogar im Spätherbst erste Schneeflocken, von den Gehwegen. Dabei stochert er auch noch unter jeder Hecke herum, damit sich Igel und Co. ja keine Winterquartiere einrichten können. Und das mit einer Akribie, die regelrecht erschreckt.

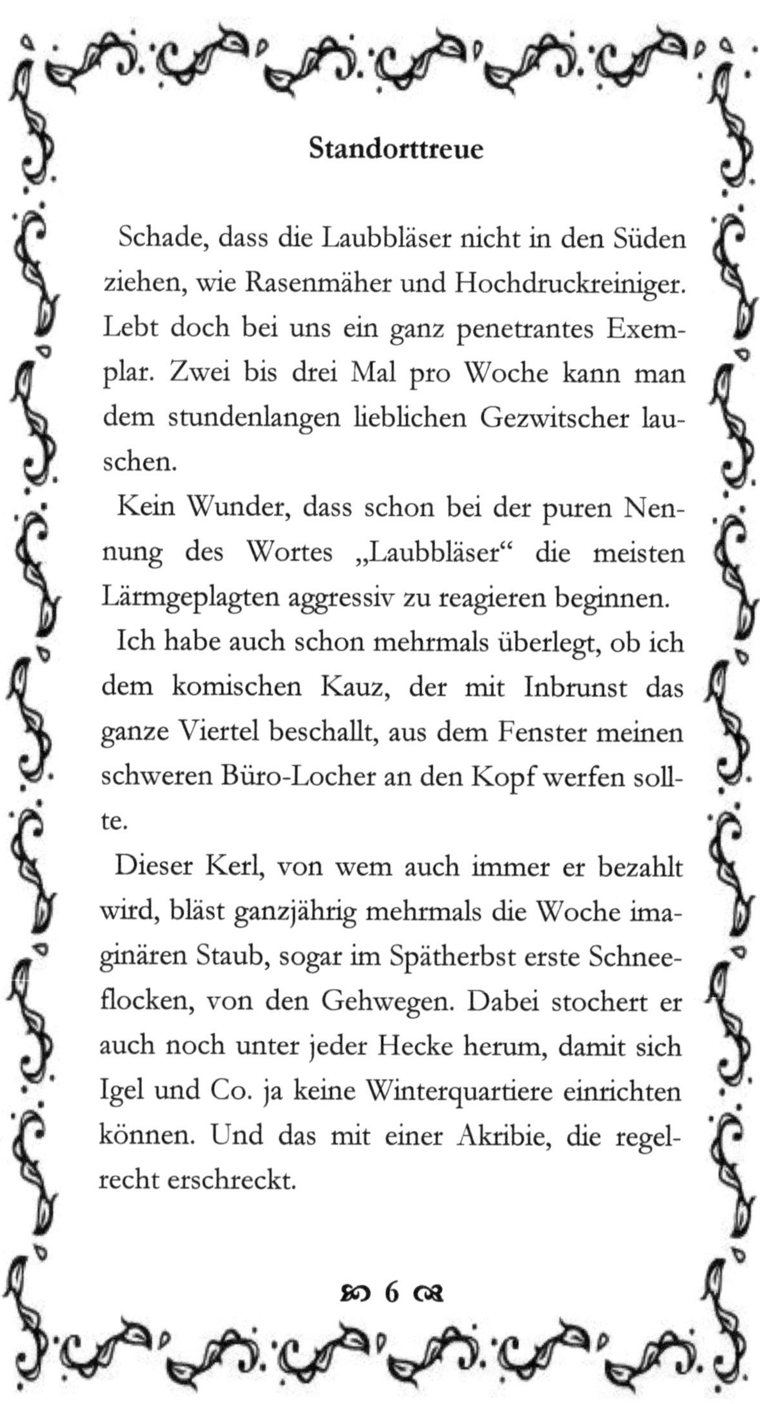

Gleichzeitig merkt der Typ nicht einmal, dass das, was er auf die Straße pustet, mit der Zugluft des nächsten vorbeifahrenden Autos wieder auf den Gehweg und unter die Hecken geblasen wird. Das Einzige, was er mitschneidet, ist, dass da wieder was liegt und er noch Mal alles abgehen muss. Wieder und wieder, wobei er den Laubbläser nicht etwa laufen lässt, wie das normale Benutzer tun würden. Nein, er lässt ihn in absoluten Kurzintervallen jaulen, wodurch es Stunden dauert, ehe er auch noch den letzten Staubkrümel zwischen den Fugen des Pflasters hervorgepustet hat, und das pausenlose „brumm, brumm brumm, bruuuuuuuuuuummmmm, brumm, brumm brumm, bruuuuuuuuuuummmmm", die einen morgens kurz nach sechs Uhr aus dem Bett reisst, und den anderen einen ganz wundervollen Start in den Arbeitstag beschert.

Jetzt war er mal vier Tage nicht am Lärmen und ich habe mir ernsthafte Sorgen gemacht, dass ihm etwas zugestoßen sein könnte. Bürolochermäßig aus einem anderen Fenster ... oder so. Ist nämlich hin und wieder ganz witzig, ein paar Sekunden zuzuschauen.

Denn der Witzbold bläst mit seinem Gerät auch bei Sturmböen fleißig auf dem Gehweg herum.

Das ist fast so schön anzuschauen, wie wenn einer mit einem Sieb eine Badewanne ausschöpft, wenn oben immer neues Wasser zufließt.

Ein paar Sekunden der Betrachtung reichen aber auch, um nicht noch aggressiver zu werden, wegen dieser absoluten Energie- und Zeitverschwendung.

Es gibt schon seltsame Geschöpfe.

So schließe ich sanft lächelnd das Fenster und hoffe, dass die Erdwespen in den Grundstücken hinter den Hecken bald genauso genervt sind, und ihn jedes Mal zornig attackieren mögen.

Věrnost místu

Překlad (Übersetzung): Jana Škodová

Škoda, že fukary na listí netáhnou na jih, a stejně tak i sekačky na trávu a vysokotlaké čističe. U nás žije jeden obzvlášť penetrantní exemplář. Tomu nekonečnému líbeznému švitoření se dá naslouchat dvakrát až třikrát za týden.

Není divu, že už při pouhém vyřčení slova „fukar na listí" začne většina lidí ztrápených hlukem reagovat agresivně.

Také jsem už několikrát přemýšlela, jestli tomu divnému chlapíkovi, který tak horlivě ozvučuje celou čtvrť, nehodím z okna na hlavu svou těžkou kancelářskou děrovačku. Tenhle chlap, ať už ho platí kdokoli, rozfoukává celoročně několikrát za týden imaginární prach, dokonce i první sněhové vločky pozdního podzimu, z chodníků. K tomu šťourá ještě i pod každým živým plotem, aby si ježci a ostatní nemohli připravit zimní ubytování. A to tak důkladně, že to až děsí.

Zároveň si ten člověk ani neuvědomuje, že to, co odfoukne na silnici, vrátí závan příštího projíždějícího auta zase zpátky na chodník a pod živé ploty. Jediné, co zaznamenává, je, že tam zase něco leží, a on musí s fukarem projít všechno ještě jednou. Znova a znova, přičemž nenechá fukar běžet, jak by to udělali běžní uživatelé. Ne, on ho nechá výt v absolutně krátkých intervalech, takže to trvá hodiny, než z mezer v dláždění vyfouká i to poslední zrníčko prachu, a to neustálé „brumm, brumm brumm, bruuuuuuuuuuummmmm, brumm, brumm brumm, bruuuuuuuuuuummmmm“, které někoho vyžene krátce po šesté z postele a jinému nadělí obzvláště krásný začátek do pracovního dne. Poslední čtyři dny jsme byli bez hluku a já si dělala vážné starosti, jestli se chlapíkovi nemohlo něco stát. Že by na nějtřeba opravdu někdo hodil děrovačku z jiného okna, nebo tak. Je to totiž čas od času docela vtipné, pár sekund tomu přihlížet. Protože ten vtipálek se se svým přístrojem činí na chodníku pilně i při poryvech větru. To je na pohled skoro tak krásné, jako když někdo vybírá sítkem z vany vodu, a shora pořád přitéká nová.

Pár sekund pozorování ale postačí také k tomu, aby se člověk kvůli tomuto absolutnímu plýtvání energie a času nestal ještě agresivnějším. Existují zvláštní stvoření.

Takže s mírným úsměvem zavírám okno a doufám, že zemní vosy na pozemcích za živými ploty toho budou mít taky brzy dost a pokaždé ho zuřivě napadnou.

Hübsch & hirnlos

Eigentlich wollte ich nicht über halbnackte Damen mit aufgeblasenen Silikonbrüsten in Cannes reden. Eigentlich. Aber irgendwie bleibt es nicht aus, wenn man hübsch und hirnlos kombiniert und alles mit dem Meer in Verbindung bringt. Hirnlos zu überleben, ist schließlich eine Strategie, die sich schon vor 50 Millionen Jahren entwickelt hat.

Na, ich merke schon, ich quatsche mich gerade um Kopf und Kragen.

Besonders hübsch anzuschauen sind von all den Hirnlosen die Seesterne. Grazilen Damen gleich, gleiten sie mit ihren oft filigranen Armen über den Untergrund. Ein paar kompaktere Arten gibt es auch ... Selbst Millionäre stehen nicht ausschließlich auf Streichholzbeinchen. Einige bevorzugen schon echte Pfunde an den richtigen Stellen.

Äh, wo war ich stehen geblieben?

Ach ja, bei den Seesternen. Wunderhübsch, aber null Hirn. Alles Lebenswichtige läuft über ein zentrales Nervensystem, mit dem sie zum Beispiel ohne Augen hell und dunkel unterscheiden. Reicht ja auch. Und wie im Leben der lang-haarigen Zweibeiner auf dem Land, gibt es echte Jäger und Schlammfresser. Die einen holen sich die Filethäppchen, die anderen nehmen den grottigen Abfall, den andere übrig lassen. Ist ja auch egal, Hauptsache man überlebt irgendwie, möglichst ohne etwas dafür tun zu müssen.

Praktisch genau das, was auch an den Jachthä-fen in Cannes das A und O ist. Der Eigner des netten Schiffchens muss Geld haben, die gebra-tenen Tauben ins offene Maul fliegen und man muss nichts weiter, als hübsch aussehen können ... Da haben die Seesterne aber auch einen ent-scheidenden Vorteil: Wenn bei ihnen die Fas-sade bröckelt, lassen sie einfach nachwachsen, was fehlt. In der Menschenwelt muss mühsam mit Make-up gespachtelt werden, wenn sich Risse in der alternden Bausubstanz auftun. Das fällt natürlich irgendwann auf. Der Stern, der ursprünglich schlaflosen Nächte, ist dann irgendwann nur noch eine Sternschnuppe, beziehungsweise ganz schnuppe und wird gegen ein neues hübsches aber hirnloses Wesen ausge-tauscht. Hirn stört ja auch nur. Das lässt sich nicht einfach mit einer wohlgefüllten Kreditkarte ruhigstellen. Es soll übrigens 1600 Arten Seesterne geben. Praktisch Hirnlosigkeit als Erfolgsmodell. Ja, klar. Man muss nur den Blick auf die Politik wenden. Dort findet an dann bestätigt, dass auch Hirnlose ein Schlafbedürfnis haben. Fernsehübertragungen von Bundestagsdebatten sei Dank. Aber auch die Silikondamen brauchen ihren Schönheitsschlaf, um Spachtelmasse sparen zu können.

Die ungeschlechtliche Vermehrung einer Seesternarten gefällt denen natürlich auch gut, nur dass sie sich bei den Menschen dann Leihmutterschaft nennt.

Wisst ihr was? Ich verschwinde lieber, ehe sich die Schlinge um meinen Hals ganz zuzieht.

Krásné tělo & prázdná hlava

Překlad: (Übersetzung) Kateřina Horáková

Vlastně jsem nechtěla mluvit o polonahých dámách v Cannes s přifouknutými silikonovými implantáty. Vlastně. Ale pokud se dá dohromady krása s hloupostí, navíc ve spojení s mořem, nestane se vůbec nic. Koneckonců, žít a přežít hloupý je strategie, jež se vyvinula již před 50 mil lety.

Hm, uznávám, plácám páté přes deváté.

Ze všech tvorů bez mozku se nejlépe dívá na mořské hvězdy. Stejně jako útlé postavy dam kloužou se svými filigrantními rameny po mořském dně.

Existují mezi nimi druhy, jež se k sobě hodí více než jiné… Ani milionáři nestojí pouze o vyzáblotinky. Někteří z nich upřednostňují, když má žena vše na svém místě.

Ehm, kde jsem byla?

Jo, mořské hvězdy. Překrásné, ale bez mozku. Vše, co je pro život důležité, probíhá přes centrální nervový systém. Pomocí toho například rozlišují černou a bílou, aniž by měly oči. A to koneckonců Ütačí. A stejně jako v životě těch dvounohých dlouhovlásek na pevnině existují lovci a blátožrouti. Ti první si dají kousek filety, jiní nepohrdnou zbytky po všech ostatních. Vždyť je to jedno. Hlavně že člověk nějak přežije, aniž by pro to musel pohnout prstem.

V podstatě to samé, co je alfa – omega i v přístavu v Cannes. Majitel jachty musí mít peníze, pečení holubi přiletí do pusy a člověk nemusí nic ví než vypadat skvěle.

Ale v tomto (rozhodujícím) bodě jsou hvězdy jednoznačně ve výhodě: Pokud se u nich začne odlupovat fasáda, chybějící části těla samy po čase dorostou. U lidí se při známkách opotřebení stavebního materiálu a stárnutí musí pracně napravovat make-upem.

A to je po čase samozřejmě vidět. Hvězda, původně probdělých nocí, je pak už jen na zem spadlá. Případně už není ani hvězda a vymění se za jiného tvora s prázdnou hlavou. Mozek je koneckonců pouze na obtíž. To se nedá napravit ani dostatečně nabitou kreditní kartou. Mimochodem, na světě se prý vyskytuje až 1600 druhů mořských hvězd. V podstatě „prázdná hlava“ - cesta k úspěchu. Jo, jasně, stačí, aby se člověk zaměřil na politiku. Zde se jen potvrdí, že i prázdné hlavy potřebují spánek. Díky televizním přenosům z debat Spolkového sněmu! Ale i silikonové dámy se potřebují dostatečně vyspat do růžova, aby mohli šetřit opravami materiálu.

Nepohlavní rozmnožování mořských hvězd se u lidí taktéž nachází velké oblibě. U těch se ovšem mluví o náhradních matkách či pronajímání dělohy.

Víe co? Raději zmizím, než se mi smyčka kolem krku utáhne nadobro.

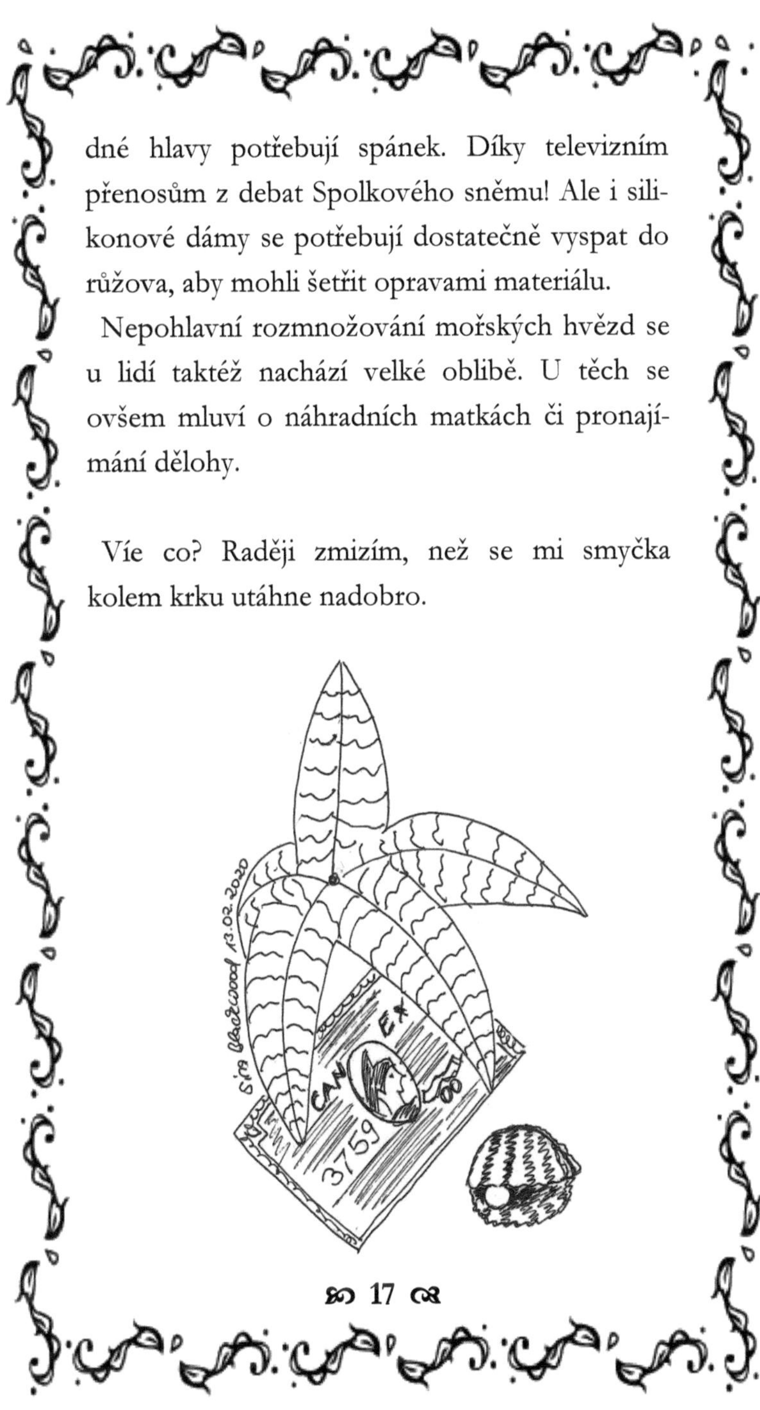

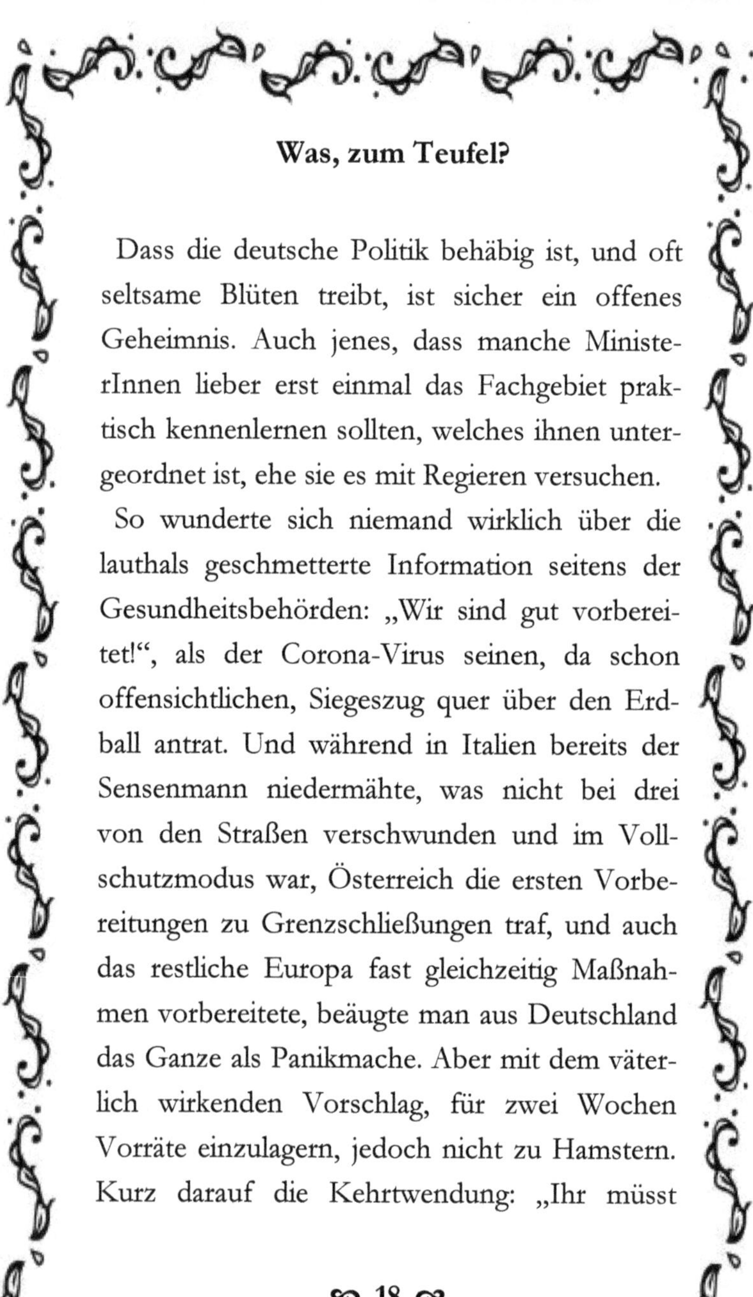

Was, zum Teufel?

Dass die deutsche Politik behäbig ist, und oft seltsame Blüten treibt, ist sicher ein offenes Geheimnis. Auch jenes, dass manche MinisterInnen lieber erst einmal das Fachgebiet praktisch kennenlernen sollten, welches ihnen untergeordnet ist, ehe sie es mit Regieren versuchen.

So wunderte sich niemand wirklich über die lauthals geschmetterte Information seitens der Gesundheitsbehörden: „Wir sind gut vorbereitet!", als der Corona-Virus seinen, da schon offensichtlichen, Siegeszug quer über den Erdball antrat. Und während in Italien bereits der Sensenmann niedermähte, was nicht bei drei von den Straßen verschwunden und im Vollschutzmodus war, Österreich die ersten Vorbereitungen zu Grenzschließungen traf, und auch das restliche Europa fast gleichzeitig Maßnahmen vorbereitete, beäugte man aus Deutschland das Ganze als Panikmache. Aber mit dem väterlich wirkenden Vorschlag, für zwei Wochen Vorräte einzulagern, jedoch nicht zu Hamstern. Kurz darauf die Kehrtwendung: „Ihr müsst nichts einlagern, die Versorgung ist gewährleistet.“

Leider ist es schon viel zu oft geschehen, dass man sich oben nicht einigen kann und am Ende das genaue Gegenteil des zuerst Gesagten tut, was dem Volk selten gut bekommt. Die Reaktion des kleinen Mannes also: Aha! Die Politik wiegelt ab! Jetzt wird es also doch ernst!

Durch diesen Lernprozess ist nun der Mensch so geartet, dass ihm alles besonderen Spaß macht, was verboten ist. Nicht Hamstern? Aber nichts wie hin, zu den Einkaufstempeln, und raffen, was das Auto fasst. Dass für jene, die den ganzen Tag arbeiten müssen und erst am Abend in die Läden kommen, oder die, welche sich sogar schon in Quarantäne befinden, nichts mehr bleibt, ist egal. Sozial war gestern!

Man steht als normal veranlagter Mensch mit seinem kleinen Einkaufszettel mit vier oder fünf winzigen Positionen vor leeren Regalen und versteht die Welt buchstäblich nicht mehr, während sich andere offenbar für mehrere Jahre eingedeckt haben.

Da, wo Desinfektionsmittel, Nudeln, Büchsenkost, Küchenrollen, Kartoffeln, Mehl, Eier und

Toilettenpapier stehen müssten, ist gähnende Leere. Ausverkauft. Überall. Aber warum Toilettenpapier?! Man beginnt, sich Gedanken zu machen, dass die Dunkelziffer der ausgemachten Arschlöcher in diesem Land noch größer sein muss, als ursprünglich befürchtet. Wer sollte denn sonst solche Mengen benötigen, die zudem buchstäblich für den Hintern sind? Es schmeckt auch ziemlich fad. Braten kann man es bestenfalls als ganze Rolle paniert. Als Müsli wird es zu matschig und erinnert in der Konsistenz an Haferschleim oder Tapetenkleister. Das Kopfkino schaltet also recht bald ohne Zutun von Corona auf Noro. Der andere Virus wäre zumindest eine plausible Erklärung, sich die Rollen bis unters Dach zu stapeln. Aber der hielte nur wenige Tage an und wäre demzufolge kein wirklicher Grund, Klopapier zu horten, wenn man als Einzelperson nicht gezwungen ist, die ganze, komplett vom Brechdurchfall betroffene Mietergemeinschaft eines Hochhauses mit seinen Beständen zu versorgen.

Bald schon machten Hinweise die Runde, keine Wertsachen, wie Desinfektionsmittel und Klopapier im Auto liegen zu lassen. Nicht zu unrecht, denn es gab tatsächlich Fälle, in denen genau wegen dieser Dinge Heckscheiben eingeschlagen wurden.

Man liest es, denkt darüber nach, und versucht, einen Grund für all dies zu finden. Offenbar weicht der Virus bei einigen Mitmenschen das Gehirn auf, weil das Verhalten zu unlogisch ist, als dass man es wirklich analysieren könnte. Zumindest würde es mich nicht wundern, wenn die Behörden jetzt alle Haushalte, mit mehr als 20 Rollen Klopapier zu öffentlichen Toiletten erklären. Auch, wenn man versucht, das Thema irgendwie zu verdrängen, kommt man nicht daran vorbei. Jedes zweite Wort in den Medien lautet „Corona".

Und der kleine Mann auf der Straße, der nun auch noch zwangsweise zu Hause sitzt, hat gelernt, dass von wirklich großen und meist sehr unschönen Beschlüssen abgelenkt werden soll, wenn die Öffentlich Rechtlichen ständig dasselbe Thema durchkauen, die eigene Regierung in den Himmel heben und alle anderen verteufeln. Dabei halten sich die Größenordnungen der Lobhudeleien und was am Ende hinterrücks

Negatives für den Bürger entschieden wird, meist die Waage.

Was, zum Teufel, haben die also diesmal vor?

Co, k čertu?

Překlad (Übersetzung): Jana Škodová

Že je německá politika těžkopádná a často nabývá zvláštních forem, je jistě veřejným tajemstvím. I to, že některé ministryně a ministři by měli nejdřív raději prakticky poznat svůj speciální obor, který mají na starosti, dříve než to zkusí s vládnutím. Takže se nikdo opravdu nedivil hlasitě rozšiřovaným informacím ze strany zdravotnických zařízení: „Jsme dobře připraveni!", když koronavirus nasadil svůj, tehdy už patrný, vítězný tah napříč přes celou zeměkouli. A zatímco v Itálii už řádila zubatá a než bys napočítal do tří, zničila všechno, co nezmizelo z ulic a nedostalo se plně pod ochranu, Rakousko činilo první přípravy k uzavření hranic a i zbytek Evropy téměř současně připravoval opatření, Německo to všechno sledovalo jako šíření paniky. Ale přidalo otcovsky působící návrh, nakoupit si zásoby na dva týdny – ne ale křečkovat. Krátce na to pak následoval obrat o sto osmdesát stupňů: „Nemusíte nic uskladňovat, zásobování je zajištěno." Bohužel už se stalo příliš často, že se nahoře nemohli shodnout a nakonec provedli přesný opak toho, co bylo řečeno na začátku, což jen zřídka přijde k dobru lidem. Reakce běžného občana je tedy asi taková: Aha! Politika je chlácholivá! Teď jde tedy opravdu do tuhého! Díky tomuto učebnímu procesu má člověk sklon k tomu, že ho obzvláště baví to, co je zakázáno. Nehromadit zásoby? Takže do toho, vzhůru do nákupních chrámů, a pobrat, co auto uveze. Že na ty, kteří musí celý den pracovat a do obchodu přijdou teprve večer anebo na ty, kteří už jsou dokonce v karanténě, nic nezbude, to je jedno. Sociální jsme byli včera! Normálně založený člověk stojí s malým nákupním lístkem se čtyřmi nebo pěti drobnými věcmi před prázdnými regály a doslova přestává rozumět světu, zatímco se ostatní zásobili zjevně na několik let. Tam, kde by měly stát dezinfekční prostředky, těstoviny, konzervy, kuchyňské utěrky, brambory, mouka, vejce a toaletní papír, je jen zející prázdnota. Vyprodáno. Všude. Ale proč toaletní papír? Člověk začíná přemýšlet o tom, že neoficiální počet opravdových sviní v této zemi musí být ještě větší, než byly původní obavy. Kdo by jinak potřeboval takové množství, které je ke všemu určeno doslova pro zadek? Chutná to taky docela fádně. A osmažit se to dá v nejlepším případě jako celá obalená rolička. Jako müsli to bude moc kašovité a konzistencí bude připomínat ovesnou kaši nebo lepidlo na tapety. Představivost tedy celkem brzy bezděky přepíná z Koronaviru na Norovirus. Ten druhý by byl alespoň pravděpodobným vysvětlením, proč si roličky naskládat až po střechu. Ale vydržel jen pár dnů a nebyl by proto opravdovým důvodem hromadit toaletní papír, když člověk jako jedinec není nucen zásobovat ze svých zdrojů celou společnost nájemníků výškového domu, postiženou průjmem a zvracením. Brzy na to se začala objevovat upozornění, nenechávat žádné cennosti jako dezinfekci a toaletní papír v autě. Ne neprávem, protože se skutečně objevily případy, kdy někdo přesně kvůli těmto věcem rozbíjel zadní skla aut. Čteme to, přemýšlíme o tom a zkoušíme pro to všechno najít nějaký důvod. Virus zjevně měkčí některým bližním mozek, protože jejich chování je příliš nelogické na to, aby se dalo opravdu analyzovat. Přinejmenším by mě neudivilo, kdyby teď úřady prohlásily všechny domácnosti s více než dva-

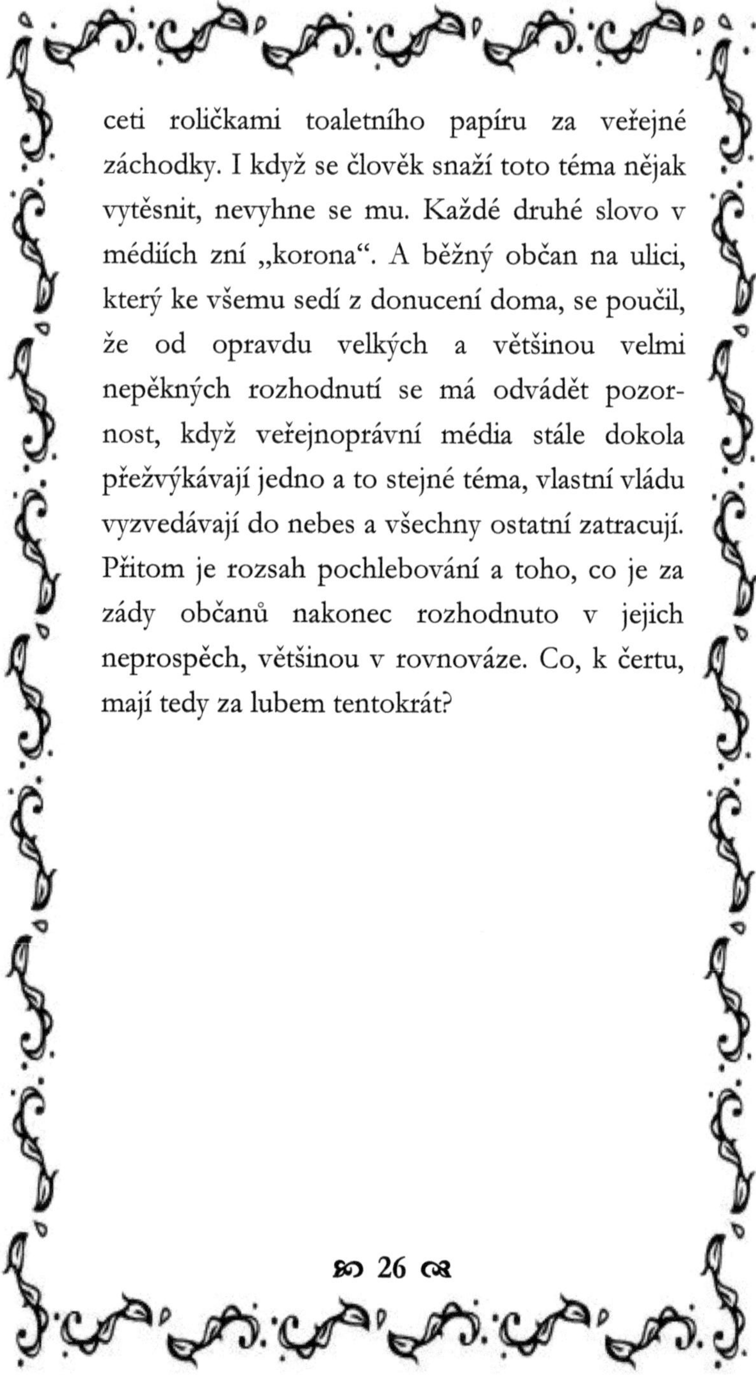

ceti roličkami toaletního papíru za veřejné záchodky. I když se člověk snaží toto téma nějak vytěsnit, nevyhne se mu. Každé druhé slovo v médiích zní „korona". A běžný občan na ulici, který ke všemu sedí z donucení doma, se poučil, že od opravdu velkých a většinou velmi nepěkných rozhodnutí se má odvádět pozornost, když veřejnoprávní média stále dokola přežvýkávají jedno a to stejné téma, vlastní vládu vyzvedávají do nebes a všechny ostatní zatracují. Přitom je rozsah pochlebování a toho, co je za zády občanů nakonec rozhodnuto v jejich neprospěch, většinou v rovnováze. Co, k čertu, mají tedy za lubem tentokrát?

Kurztrip mit Hindernissen

Die nächste Tour, auf der sie ein wenig recherchieren wollte, sollte sie nach Děčín führen, wo sie sich mit deutschen und tschechischen Schriftstellern treffen wollte.

„Morgen früh sattele ich meinen spanischen Schimmel", gab sie bekannt, worauf die Gedankenschmetterlinge: „Hmm, hmm", machten.

Sie umkreisten Maja wie eine bunte Wolke. Obwohl es Maja eher als aufgescheuchten Haufen bezeichnete. „Wenn du deinen Seat so nennst, klingt es für uns, als wolltest du wieder im 15. Jahrhundert verschwinden und uns ratlos zurücklassen."

„Ach was!", wiegelte Maja ab. „Dieser Flecken Erde war schon zur Bronzezeit besiedelt. Irgendwann im 10. Jahrhundert haben die Přemysliden zum Schutz der Furt durch die Elbe eine Befestigungsanlage aus Holz bauen lassen. Im 13. Jahrhundert hat man die Sache dann etwas haltbarer gemacht, indem man den Holzbau durch eine Burg aus Stein ersetzte. Das Stadtrecht muss Děčín irgendwann im 14.

Jahrhundert erhalten haben. Das 15. Jahrhundert interessiert mich dort sicher nicht, weil im 16. Jahrhundert die Blütezeit der Stadt war. Da baute man die Burg zu einem Renaissanceschloss um."

„Siehst du! Genau das ist es! Du weißt auf Anhieb, wann richtig die Post abging. Das macht uns Angst! Du verschwindest ja in alle Zeiten, ohne dass wir mitkommen können. Wir dürfen dich doch sicher an Psammetich erinnern oder Jaromar?"

Maja schaute die bunten Falter ungläubig an. „Ihr seid aber zart besaitet! Ich will doch nur ein bisschen an der Elbe stehen, auf die wundervollen historischen Gebäude schauen und ein klein wenig träumen."

„Von Nico?"

„Von wem sonst?" Maja schob ihr Arbeitsbuch in den Rollkoffer, packte Kamera und Smartphone ein, ehe sie das Navi vorprogrammierte.

Jetzt aber los!!! Der Schwalbenschwanz hatte sich hervorgewagt und saß für die restlichen Passagiere unsichtbar, auf dem Innenspiegel.

Ich tu, was ich kann, schmunzelte Maja, ihrem Schimmel bei jeder legalen Möglichkeit kräftig die Sporen geben. So waren sie zwar fast die Letzten, aber immer noch pünktlich, als sie vor dem Hotel Česká Koruna in Děčín endlich auf Parkplatzsuche gingen.

Schnell das Gepäck abstellen und die Treppe wieder hinunterrennen, geschahen im Bruchteil von Sekunden, weil sie die geplante Erkundungstour zum Schloss keinesfalls verpassen wollte. Neugierig, wie Schriftsteller nun mal sind, freute sie sich riesig auf diesen Besuch. Die Häuser im Bezirk der Kirche stachen Maja durch frische, kräftige Farben ins Auge. Besonders das Antiquariat in Swimmingpoolblau hatte es Maja angetan. Das Ensemble der Häuser passte perfekt mit der rötlich-beige gefärbten Kirche zusammen.

Die mehrere Meter hohen zugemauerten Rundbögen der Langen Fahrt erinnerten Maja auf den ersten Blick eher an den fluchtsicheren Weg zu einem Gefängnis, als an die Straße zu einem Schloss. Was sie nun noch neugieriger auf dieses machte. Dass es Durchgänge nach links und rechts zu wundervollen Gärten gab, bemerkte sie erst, als sie die jeweiligen Pforten erreichte. Sogar Pfaue liefen hier umher. Die sahen nur etwas gerupft aus, weil ihnen fast komplett die langen Schwanzfedern fehlten. Irgendwie passte das zur Herbststimmung, denn auch die Bäume begannen, sich umzufärben und ihren Blätterschmuck abzuwerfen.

Auch ein stolzer Pfau muss hin und wieder Federn lassen, witzelten die Schmetterlinge.

Maja schmunzelte, *ihr wollt doch nur, dass ich jetzt eure schillernden Flügel in höchsten Tönen lobe.*

Und, machst du es?

Nö. Maja stützte sich auf die Mauer der Brücke, die direkt zum Eingang führte. Auf dem Wiesengrund zur nächsten Überbrückung, entdeckte sie ein riesiges Herz, das man entweder beim Mähen stehengelassen hatte, oder das aus anderen Grünpflanzen angelegt worden. Von ihrem Standpunkt aus, konnte sie es nicht genau erkennen.

Die Schmetterlinge aus Gedanken erspähten es zur gleichen Zeit. *Oha, jetzt wird sie gleich wieder träumen.*

Maja nickte kaum merklich. *Sie tut es schon.*

Sie hatte den Tordurchgang noch nicht einmal ganz passiert, als die Gedankenfalter zusammenschreckten.

War ja fast klar gewesen, stöhnten sie.

Maja konnte sich ein amüsiertes Grinsen nicht verkneifen. Sie waren unvermutet und ungeplant direkt im Mittelalter gelandet, denn einige Geharnischte hielten soeben Turnierspiele mit Kindern ab. Zwar passten die Ritter in keiner Weise zum barocken Stil des Schlosses, aber in Anbetracht der Tatsache, dass hier einst die stolze gotische Přemyslidenburg gestanden hatte, sah man gern darüber hinweg.

Die Falter beruhigten sich rasch, als Maja nicht einmal stehen blieb. Sie wollte lieber den Innenhof erkunden, der von einem wundervollen alten Baum dominiert wird. Auch die imposanten Türen, Wappen und Skulpturen interessierten sie mehr, als Schwerter und Rüstungen.

Auf dem Weg zum Hotel nahm sich Maja die Zeit, auch noch den barocken Rosengarten zu besichtigen und sich eine Gedenkmünze für ihre Sammlung zu kaufen. Ein kleiner Abstecher zur Elbbrücke war ebenfalls drin, um wenigstens einen kurzen Blick auf das romantische Restaurant am anderen Ufer zu werfen, das 1905 in Art eines Schlösschens erbaut wurde, und hoch auf dem Gipfel der Schäferwand thront.

Jetzt mit Nico da oben sitzen, einen richtig heißen Cappuccino trinken und ... Weiter kam Maja nicht, weil sie der Schwalbenschwanz ziemlich rüde unterbrach.

Wie wäre es, wenn du deine Hinterbeine schwingst und zum Hotel galoppierst?

. . . .

Erklärungen:

Der Text ist ein Teil aus dem ersten Kapitel meines 4. Reiseromans.

Majas Gedanken nehmen oft die Gestalt von Schmetterlingen an, mit denen sie sich unterhält.

Schwalbenschwanz ist dieser Schmetterling:

Turné s překážkami.

Překlad (Übersetzung): Brigita Hrabětová

Příští turné, na kterém chtěli udělat malý průzkum, by mělo vést k Děčínu, kde se měli setkat s německými a českými spisovateli.

„Zítra brzy ráno osedlám mého španělského bělouše", dala na vědomí, motýli na to řekli: „Hmm, hmm", a ona to udělala.

Obbkroužili Máju jako barevný mrak. Přestože je Mája nazvala spíše vyděšenou hrodu.

„Pokud tak nazýváš svého seata, zní to pro nás, jako kdybys chtěla zase zmizet v 15. století a nás tu zanechat zmatené."

„Ale co!", odporovala Mája. „Tento kus země byl už osídlen v době bronzové. Někdy v 10. století nechali Přemyslovci k ochraně brodu přes Labe postavit dřevěné opevnění. Ve 13. století jej pak udělali poněkud odolnějším, dřevěné stavení nahradili kamenným hradem. Městskou listinu musel Děčín obdržet někdy v 14. století. 15. století mě jistojistě nezajímá, protože až v 16. století dochází k rozkvětu města. Tehdy byl hrad přestavěn na renesanční zámek."

„Vidíš! To je přesně ono! Ty víš na první pokus, kdy se něco děje. To nás děsí.! Ty zmizíš na dlouhou dobu bez toho, abychom mohli něco vědět. Smíme ti jistě připomenout Psammetich nebo Jaromar?“

Mája se nevěřícně dívala na barevné motýly. „Vy jste ale přecitlivělí Chci jen trochu postát u Labe, dívat se na nádherné historické budovy a malinko snít.“

„O Nikovi“.

„O kom jiném?“ Mája zasunula svůj pracovní sešit do kufru na kolečkách, zabalila kameru a smartphone, předprogramovala navigaci.

Teď se ale jde!!! Otakárek se prodral dopředu a usadil se na zpětném zrcátku, pro ostatní cestující neviditelný.

„Dělám, co můžu“, usmála se Mája, a při každé možné příležitosti silně pobídla svého španělského bělouše. Byli skoro poslední, ale stále ještě v relaci, když se konečně vydali od hotelu Česká Koruna v Děčíně hledat parkovací místo.

Rychle uložit zavazadla a zase rychle seběhnout schody, to se stalo ve zlomku sekundy, protože si v žádném případě nechtěla nechat ujít naplánovanou prohlídku zámku. Zvědavá, jak spisovatelé prostě občas bývají, se obrovsky těšila na prohlídku. Domy v okolí kostela bodaly svými čerstvými a výraznými barvami Máju do očí. Obzvláště starožitnictví v ostré syté modři.

Uskupení domů se perfektně hodilo k červenobéžově natřenému kostelu. Několik metrů vysoké, zděné oblouky podél dlouhé cesty připomínaly Máje na první pohled spíš bezpečnou cestu do vězení než cestu k zámku. To ji dělalo ještě zvědavější. Že tam byly vlevo a vpravo průchody do nádherné zahrady, toho si všimla teprve, až když dorazila k bráně. Dokonce tu pobíhali pávi. Vypadali jen trochu potrhaně, protože jim skoro úplně chybělo dlouhé ocasní peří. Nějak to patří k podzimní náladě, protože stromy začaly měnit barvu a odhodily své listové šperky.

Také pyšný páv musí odhodit tu a tam svá pera, žertovali motýli.

Mája se ušklíbla, *oni přeci jen chtěli, abych teď vychvalovala jejich leská křídla až do nebe.*

A uděláš to?

Nee. Mája se opírala o stěnu mostu vedoucího přímo ke vchodu. Na louce k dalšímu mostu, objevila obrovské srdce, které bylo buď při sečení záměrně obsekáno nebo bylo vytvořeno z jiných rostlin. Ze svého místa to nemohla přesně určit.

Motýli myšlenek si toho všimli současně. *Ouha, zase bude teď snit.*

Mája lehce přikývla. *Už to dělá.*

Dokonce ještě zcela neprošla branou, když se myšlenkoví motýlci zachvěli.

Skutečně to bylo téměř jasné, zasténli.

Mája nemohla odolat pobavenému úsměvu. Nečekaně a neplánovaně přistáli přímo ve středověku, kde někteří zbrojnoši provozovali s dětmi turnajové hry. Ačkoliv tito rytíři nepatřili v žádném případě k baroknímu stylu zámku a s ohledem na skutečnost, že tohle byl kdysi hrdý gotický, přemyslovský hrad, rádo se to přehlédlo.

Motýli se rychle uklidnili, když Mája ani jednou nezastavila. Chtěla raději prozkoumat nádvoří, kterému dominuje nádherný starý strom. Rovněž impozantní dveře, erby a plastiky ji zajímaly více než meče a brnění.

Na cestě do hotelu si Mája našla čas i na návštěvu barokní růžové zahrady a zakoupení pamětní mince do její sbírky. Malá odbočka na most přes Labe, přinejmenším hodit alespoň letmý pohled na romantickou restauraci na druhém břehu, která byla postavena ve stylu malého zámku v roce 1905 a posazena vysoko na vrcholu Pastýřské stěny.

Nyní už sedí nahoře s Nikem, pijí pořádně horké cappuccino a... Pak už Mája nepřišla, protože otakárka docela drsně zastavila.

Jaké by to bylo, když bys vzala nohy na ramena a tryskem běžela k hotelu?

....

Vysvětlení

Text je součástí první kapitoly mého 4. cestovatelského románu.

Mája jezdí bílým seatem Leon, který nazývá španělským běloušem, protože seat pochází ze Španělska. Takže neřídí jednoduše auto, ne, jezdí na svém koni.

Májiné myšlenky mají často podobu motýlů, s nimiž si velmi vesele povídá.

Otakárek je tento motýl:

Je mluvčím myšlenkových motýlů.

Auto-Tuning

Als Ben die Polizeisirenen in der Ferne hörte, löschte er das Licht und raste mit seinem Ferrari weiter. Er wusste nicht einmal, ob der Einsatz ihm galt, aber er hatte auch keine Ambitionen, sich wegen einer offenen Uraltrechnung schnappen zu lassen. Die leicht abschüssige Straße führte auf ein Waldstück zu. Ben hoffte auf sein bisheriges Glück und darauf, dass ihm kein Tier vor das Auto lief. Das graue Asphaltband war zwischen den Bäumen kaum zu erkennen und Ben hielt sich, noch immer mit Tempo mindestens zweihundert, genau auf der vermuteten Straßenmitte. Ein paar Kilometer ging die Rechnung auch auf, dann tauchte, wie aus dem Nichts, etwas großes Dunkles genau vor ihm auf. Es knallte mörderisch, Blut spritzte über die Winschschutzscheibe und Ben hatte keine Ahnung, wie es ihm gelungen war, das Auto nicht an den nächsten Baum zu setzen. Die Wucht des Aufpralls hatte das Tier offensichtlich von der Straße geschleudert, denn auf den ersten Blick war nichts davon zu sehen, soweit es die zersplitterte Frontscheibe zuließ. Bens erster Schock legte sich verblüffend schnell.

Nur weg hier, dachte er. Allerdings brauchte er mehrere Versuche, den völlig ramponierten Wagen neu zu starten. Einerseits zitterten seine Hände, andererseits schien der Motor so einiges abbekommen zu haben. Irgendwas Metallisches schleifte auch hinterher, als sich das, was einmal ein stolzer Ferrari 599 GTB Fiorano gewesen war, mühsam in Bewegung setzte. Ben fuhr weiter. Unterschwellig hatte er Furcht davor, ein paar Überreste des Tieres, welches er mit seinem Auto erlegt hatte, zu entdecken. Er ekelte sich schon zur Genüge vor den Blutspritzern, die ins Innere des Fahrzeugs gelangt waren und sich als feiner roter Schleier auf den hellen Ledersitzen verteilt hatten, auf seiner Kleidung und natürlich auch der Haut klebten. Der Geruch fremden Blutes machte ihn fast wahnsinnig. Er würgte, schluckte und würgte wieder. Dazu röhrte der Motor wie ein waidwunder Hirsch. Ben beschloss, das Wrack seines Autos bei einem bekannten Autotuner abzustellen, der überdies in dem Ruf stand, unzählige gestohlene Fahrzeuge umfrisiert zu haben, ohne je von der Polizei erwischt worden zu sein. Genau der richtige Mann, für Bens Geschmack, um die Unfallschäden beseitigen zu lassen. Geld spielte dabei wahrlich keine Rolle. Inzwischen hatte sich der Ferrari aus dem Wald geschleppt, holperte die letzten vier Kilometer auf der nächtlichen Schnellstraße entlang, packte auch noch irgendwie die nächste Abfahrt, um genau vor dem Werkstatt-Tor des Autofreaks sein Leben endgültig auszuhauchen. Ben gelang es sogar mit roher Gewalt, die verklemmte Tür zu öffnen. Mühsam schälte er sich aus dem Sitz. Der Schädel brummte, der Nacken schmerzte und Ben fühlte sich, als sei er unter einen Dampfhammer geraten. Mit dem Feuerzeug in der Hand machte er sich auf die Suche nach dem Klingelknopf am Wohnhaus des Anwesens. Alles blieb still, nicht einmal Hunde schien es hier zu geben. Er ließ das Feuerzeug erneut aufflammen. „Ach, da ist er ja", murmelte er erfreut und drückte auf die längliche Taste und ein zweites Mal, als sich nach drei Minuten noch immer nichts im Haus rührte. Jetzt polterte es auf der Treppe und eine völlig verschlafene Stimme maulte: „Bist du es, Larry? Ich hab dir doch schon tausend Mal gesagt, du sollst nicht immer mitten in der Nacht kommen, nur weil dir an deinem gottverdammten Schrott-Truck die Zündkerze abgesoffen ist!" Der Schlüssel wurde herum gedreht, eine kleine Lampe glühte auf und ein unrasiertes schmales Gesicht schob sich durch den Türspalt, musterte Ben, dann kam der Rest des Körpers heraus.

„Hi." Ein spöttischer Blick auf die Uhr. „Ich wusste gar nicht, dass ich neuerdings Nachttermine vergebe."

Ben zog nicht einmal ein saures Gesicht, obwohl ihm diese Art Humor sofort in die Nase fuhr. Aber er wollte etwas und so zügelte er sich. „Hab im Wald gerade eine kleine Kollision mit irgendeinem Tier gehabt. Könnten Sie sich den Wagen anschauen? Ich habe noch einen weiten Weg."

„Nachtzuschlag ist teuer", gab John, der Autoschrauber, bekannt.

„Ist mir bewusst und kein Problem." Ben folgte ihm vor die Werkstatt.

Ein kurzer Blick, ein meckerndes Lachen. „Kleine Kollision", kicherte John mit bühnenreifer Stimme. „Mann, das Ding ist Schrott!" Er hakte eine Lampe von der Wand ab und versuchte, etwas mehr zu erkennen. „Was wird aus dem Ragout?" Er deutete auf einige Fleischfetzen.

„Entsorgen Sie es!"

John zog ein abschätzendes Gesicht. „Wird teurer als ein Neuwagen."

„Ist mir egal!"

„Anderthalb Mille."

Ben fuhr auf. „Sagen Sie mal, sind Sie wahnsinnig??? Was soll der Scheiß?"

„Dann kommen Sie doch mal hier herüber, Mister!", zischte John.

Ben wechselte mit einem unguten Gefühl seinen Standort. Der andere deutete betont langsam auf die Reste der Motorhaube, wo der Lichtkegel eine menschliche Hand aus der Dunkelheit schälte.

Ben wischte sich über die Stirn. „Scheiße."

„Anderthalb, Entsorgung Ihres erlegten Wildes inklusive." John schaltete die Lampe ab. Ben nickte stumm, worauf sich sofort das Werkstatt-Tor für ihn öffnete. Er half noch, das Wrack hinein zu schieben, stellte vorab einen Scheck über gut ein Drittel des Betrages aus, drückte

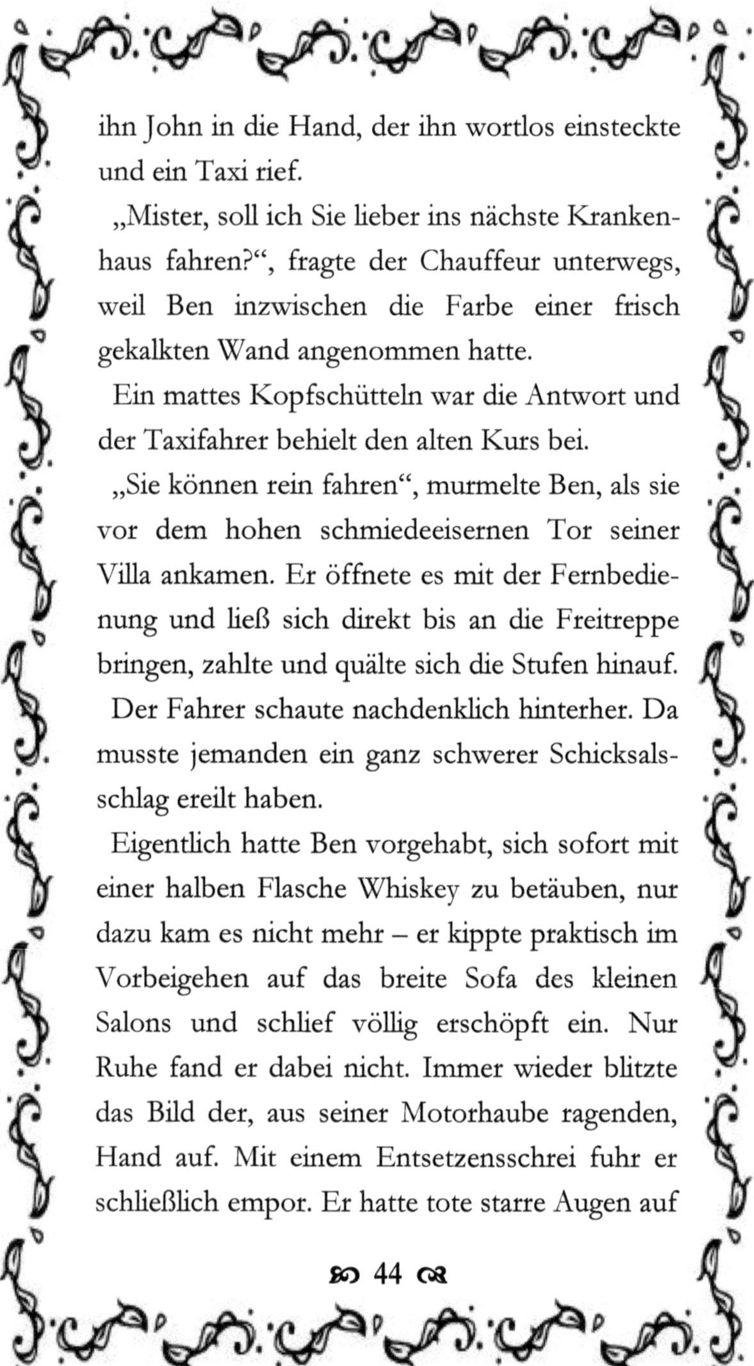

ihn John in die Hand, der ihn wortlos einsteckte und ein Taxi rief.

„Mister, soll ich Sie lieber ins nächste Krankenhaus fahren?", fragte der Chauffeur unterwegs, weil Ben inzwischen die Farbe einer frisch gekalkten Wand angenommen hatte.

Ein mattes Kopfschütteln war die Antwort und der Taxifahrer behielt den alten Kurs bei.

„Sie können rein fahren", murmelte Ben, als sie vor dem hohen schmiedeeisernen Tor seiner Villa ankamen. Er öffnete es mit der Fernbedienung und ließ sich direkt bis an die Freitreppe bringen, zahlte und quälte sich die Stufen hinauf.

Der Fahrer schaute nachdenklich hinterher. Da musste jemanden ein ganz schwerer Schicksalsschlag ereilt haben.

Eigentlich hatte Ben vorgehabt, sich sofort mit einer halben Flasche Whiskey zu betäuben, nur dazu kam es nicht mehr – er kippte praktisch im Vorbeigehen auf das breite Sofa des kleinen Salons und schlief völlig erschöpft ein. Nur Ruhe fand er dabei nicht. Immer wieder blitzte das Bild der, aus seiner Motorhaube ragenden, Hand auf. Mit einem Entsetzensschrei fuhr er schließlich empor. Er hatte tote starre Augen auf sich zukommen sehen und gefühlt, wie sie in sein Gesicht klatschten. Es dauerte ungewöhnlich lange, bis er begriff, dass die Augen vor seinem Gesicht seinem Angorakater gehörten, genau wie die plötzliche Feuchtigkeit von dessen Zunge herrührte, mit der er die Blutspritzer von Bens Haut leckte. Bei der Erinnerung an das Blut wurde ihm wieder übel. Sich unterwegs schon die Kleidung vom Leib reißend, rannte er ins Bad und duschte bald eine halbe Stunde. Eine ganze Flasche Duschgel schüttete er immer wieder in kleinen Tranchen über seine Haut – seine Schuld konnte er damit nicht abwaschen…

In den nächsten Tagen las er akribisch alle Tageszeitungen, hörte intensiv die Nachrichten und recherchierte im Internet. Die Fremde schien niemand zu vermissen, genau so, wie auch niemand den Unfall bemerkt haben musste. Der tagelange Regen, welcher noch in der gleichen Nacht einsetzte, hatte die restlichen Spuren wohl gründlich beseitigt. Ben wartete einfach darauf, dass sich der Inhaber der Werkstatt melden und mit der Übergabe des Autos das restliche Geld fordern würde.

Du kannst dich nicht freikaufen! Ben fuhr entsetzt herum. Da war niemand, obwohl er deutlich die Worte vernommen hatte. Er presste seine Fäuste an die Schläfen. „Ich werde wahnsinnig! Jetzt höre ich schon Stimmen!", stöhnte er. „Nachts kann ich nicht schlafen, weil ich ständig die glasigen Augen sehe, die mich anstarren und jetzt das!"

Acht Wochen später erhielt er die kurze SMS: „Ihr Auto ist fertig."

Mit klopfendem Herzen und äußerst unguten Gefühlen, machte sich Ben auf den Weg. So früh wie möglich, um bloß nicht mit anderen Kunden zusammenzutreffen. John empfing ihn, ohne nennenswerte Gefühlsregung, führte ihn in die Werkstatt, wo der Wagen unter einem schwarzen Tuch bereitstand.

Wie ein Leichentuch, wisperte es in Ben Gedanken. „Bereit?", fragte John und zog auf das zaghafte Nicken hin, den Stoff herunter.

„Was ist das?", flüsterte Ben erbleichend, fasste sich ans Herz und suchte nach etwas, woran er sich festhalten konnte. Auf der nachtschwarz glänzenden Motorhaube hob sich der helle Körper einer gut gebauten Frau ab, die mit dem

Auto verwachsen zu sein und sich aus dem Metall zu erheben schien. Sie räkelte sich optisch lasziv auf dem Ferrari, wobei durch leichte Goldstauboptik des Untergrundes eine Tiefe entstand, die geradezu phänomenal war.

„Kommen Sie ruhig näher, sie beißt nicht mehr", witzelte John mit deutlich hörbar ironischem Unterton. „Die nicht verwendbaren Reste habe ich nachts auf den Friedhof gebracht und gleich an der Mauer verscharrt."

Ben versagten fast die Beine, als er sich dem Auto näherte. Er war nicht sicher, ob das alles nur ein schlechter Scherz des Meisters oder auf seinem Auto wirklich die Leiche angebracht war.

„Es war nicht ganz einfach, sie zu plastifizieren und anschließend so mit Acryl zu überziehen, dass sie wie ein Kunstwerk aussieht. Ihr Gesicht war durch den Aufprall stark entstellt, dass ich mich zur Variante der kompletten Gesichtslosigkeit entschlossen habe", erzählte John völlig ungerührt, als sei es das Normalste, auf diese Weise ein Opfer verschwinden zu lassen. „Egal, Sie haben jetzt das ultimative Auto, um bei jedem Tuning-Contest voll zu punkten. Es fällt auf, ist künstlerisch Top und kein Aas wird merken, dass etwas an der ganzen Sache faul ist. Und vielleicht hilft es Ihnen ja etwas, in Zukunft den Bleifuß zu zügeln", fügte er bissig hinzu.

Ben nickte mechanisch, stellte den Scheck über den riesigen Restbetrag aus, setzte sich wie ein Traumwandler hinter das Lenkrad und startete den Motor. Übervorsichtig fädelte er sich in den Verkehr des Highways ein. Der Bolide schien plötzlich ein Eigenleben zu haben. Ben hielt Abstand, wo er doch bisher stets buchstäblich im Kofferraum des vorausfahrenden Fahrzeuges gesteckt hatte, bremste nicht erst zwei Meter vor der Ampelkreuzung und ließ sogar am Zebrastreifen den Fußgängern wirklich den Vortritt. Zu Hause angekommen, saß er noch fast eine Stunde in der Garage und betrachtete wehmütig den schlanken Körper auf der Motorhaube. Diese stumme Zweisamkeit mit der Toten wurde zum täglichen Ritual, wenn er den Wagen abends abstellte. Ben zog sich immer mehr von seinen Freunden und aus der Öffentlichkeit zurück, putzte das Fahrzeug ausnahmslos eigenhändig und irgendwann ließ er in sein Testament aufnehmen, statt in einem Sarg, in seinem Ferrari bestattet werden zu wollen. Sein Wunsch

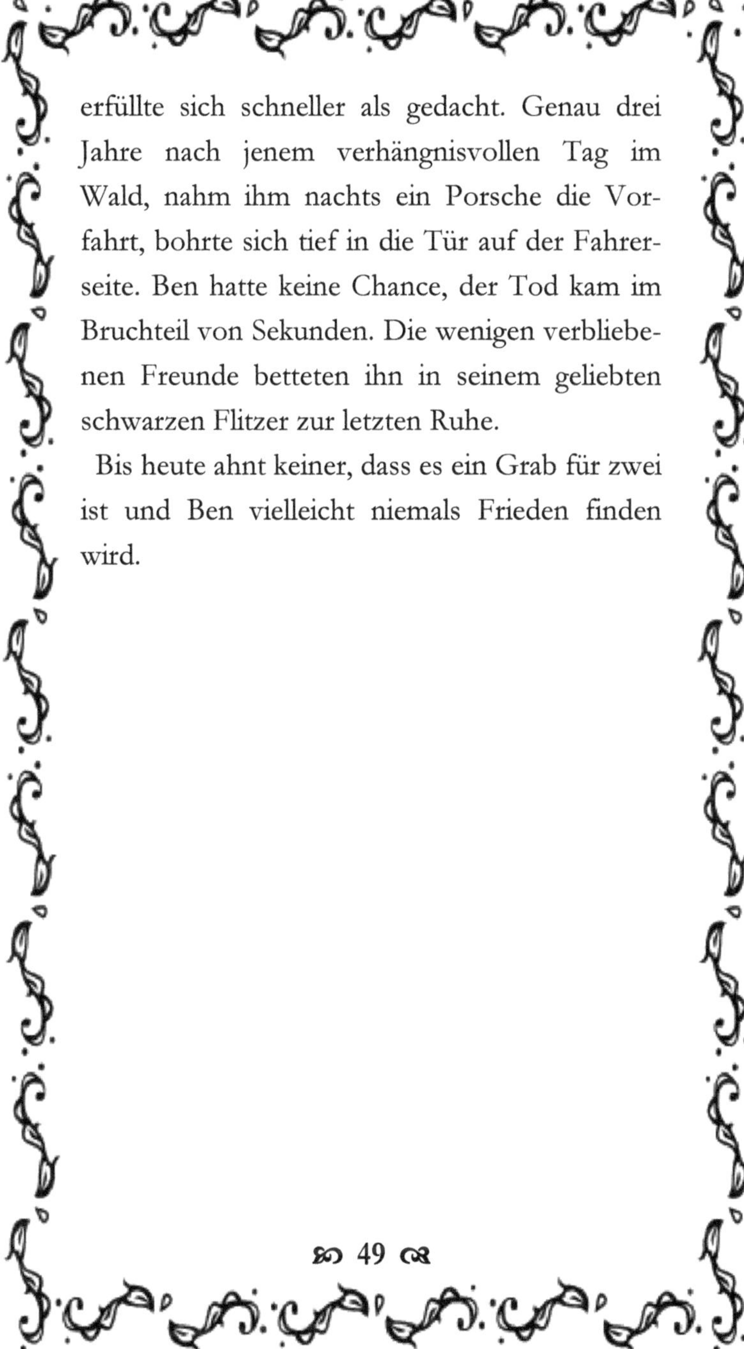

erfüllte sich schneller als gedacht. Genau drei Jahre nach jenem verhängnisvollen Tag im Wald, nahm ihm nachts ein Porsche die Vorfahrt, bohrte sich tief in die Tür auf der Fahrerseite. Ben hatte keine Chance, der Tod kam im Bruchteil von Sekunden. Die wenigen verbliebenen Freunde betteten ihn in seinem geliebten schwarzen Flitzer zur letzten Ruhe.

Bis heute ahnt keiner, dass es ein Grab für zwei ist und Ben vielleicht niemals Frieden finden wird.

Tuning automobilů

Překlad (Übersetzung): s umělou inteligencí

Když Ben v dálce uslyšel policejní sirény, zhasl světla a ve svém Ferrari vyrazil. Ani nevěděl, jestli je to pro něj, ale také neměl ambice být chycen kvůli dlužnému účtu. Mírně svažitá cesta vedla do zalesněné oblasti. Ben zatím doufal ve své štěstí a v to, že před jeho auto žádné zvíře nevběhne.

Šedý pás asfaltu byl mezi stromy sotva viditelný a Ben, stále rychlostí nejméně dvě stě kilometrů za hodinu, se držel přesně uprostřed silnice. Několik kilometrů plán fungoval, pak, jako by z ničeho nic, se přímo před ním objevilo něco velkého. Ozvala se vražedná rána, krev stříkala na čelní sklo a Ben neměl tušení, jak se mu podařilo nepřitlačit auto k nejbližšímu stromu. Síla nárazu zřejmě zvíře shodila ze silnice, protože na první pohled z něj nebylo nic vidět, pokud to rozbité čelní sklo dovolovalo. Benův počáteční šok odezněl překvapivě rychle.

Jen odsud vypadni, pomyslel si. Trvalo mu však několik pokusů, než zcela otlučený vůz znovu nastartoval.

Na jedné straně se mu třásly ruce, na druhé straně se zdálo, že motor dostal výprask. Něco kovového se také táhlo za sebou, když se kdysi hrdé Ferrari 599 GTB Fiorano začalo pracně pohybovat. Ben jel dál. Podprahově se bál, že objeví nějaké pozůstatky zvířete, které zabil svým autem. Byl už dost znechucen krvavými cákanci, které se dostaly dovnitř vozidla a rozšířily se jako jemný červený závoj na světlá kožená sedadla, lepily se mu na oblečení a samozřejmě na kůži.

Pach cizí krve ho málem přiváděl k šílenství. Dusil se, polykal a znovu se dusil. Navíc motor burácel jako zastřelený jelen. Ben se rozhodl nechat vrak svého auta u známého tuneru, který měl také pověst člověka, který předělal nespočet ukradených vozidel, aniž by byl chycen policií. Přesně ten správný muž, na Benův vkus, aby nechal napravit poškození nehodou. Na penězích opravdu nezáleželo.

Ferrari se mezitím vytáhlo z lesa, naráželo na poslední čtyři kilometry noční dálnice, nějak se chytilo i dalšího výjezdu, aby konečně vydechlo svůj život přímo před bránou dílny automobilového šílence. Benovi se dokonce podařilo otevřít zaseknuté dveře hrubou silou. S obtížemi se vyloupl ze svého místa. Bzučela mu hlava, bolel ho krk a Ben měl pocit, jako by spadl pod parní kladivo. Se zapalovačem v ruce se vydal hledat zvonek v domě nemovitosti. Všechno mlčelo, zdálo se, že tu nejsou ani psi. Znovu zapálil zapalovač.

„Ach, tady to je," zamumlal potěšeně, stiskl podlouhlé tlačítko a podruhé, když se po třech minutách v domě stále nepohnul.

Teď se na schodech ozval rachot a úplně ospalý hlas zamumlal: „Jsi to ty, Larry? Tisíckrát jsem ti říkal, abys nechodil vždycky uprostřed noci jen proto, že jsi utopil zapalovací svíčku na svém popelářském autě!" Klíč se otočil, malá lampička se rozsvítila a škvírou ve dveřích se protlačila neoholená úzká tvář, podíval se na Bena a pak vyšel zbytek těla.

„Ahoj." Výsměšný pohled na hodiny. „Ani jsem nevěděl, že teď zvu lidi uprostřed noci."

Ben se ani nezatvářil kysele, i když ho tento druh humoru okamžitě zasáhl do nosu. Ale něco chtěl, a tak se ovládl. „Právě jsem se v lese trochu srazil s nějakým zvířetem. Mohl byste se podívat na auto? Mám před sebou ještě dlouhou cestu.“

„Noční příplatek je drahý,“ oznámil automechanik John.

„Jsem si toho vědom a není to problém.“ Ben ho následoval do přední části dílny.

Rychlý pohled, bručivý smích. „Malá kolize,“ zahihňal se John jevištně připraveným hlasem. „Člověče, ta věc je svinstvo!“ Odpojil lampu ze zdi a snažil se rozeznat něco víc. „Co se stane s ragú?“ Ukázal na nějaké kusy masa.

„Vyhoďte to do koše!!“

John se ušklíbl. „Bude dražší než nové auto.“

„Je mi to jedno!“

„Jeden a půl milionu.“

Ben nastartoval. „Řekni mi, jsi šílený??? Co se to kurva děje?“

„Tak proč nepřijdete sem, pane!“, zasyčel John.

Ben změnil polohu s nepříjemným pocitem. Druhý pomalu ukazoval na zbytky kapoty, kde paprsek světla vytrhl lidskou ruku ze tmy.

Ben si otřel čelo. „Hovno.“

„Jeden a půl, včetně likvidace tvého zabitého zvířete.“ John zhasl lampu. Ben mlčky přikývl a dveře dílny se mu okamžitě otevřely. Pomohl vrak zatlačit dovnitř, předem vypsal šek na dobrou třetinu částky, vtiskl ho Johnovi do ruky, který ho beze slova strčil do kapsy a zavolal taxi.

„Pane, mám vás odvézt do nejbližší nemocnice?“ zeptal se šofér na cestě, protože Ben na sebe vzal barvu čerstvě nabílené stěny.

Odpovědí bylo slabé zavrtění hlavou a taxikář se držel starého kurzu.

„Vjezd je povolen autem.“ zamumlal Ben, když dorazili k vysoké bráně jeho sídla z tepaného železa. Otevřel ji dálkovým ovladačem a nechal se odnést přímo na schodiště, platil a mučil se po schodech.

Řidič se o Bena zamyšleně podíval. Musel být zasažen velmi těžkou ranou osudu.

Vlastně Ben plánoval, že se okamžitě znecitliví půlkou láhve whisky, ale to už se nestalo – prakticky padl na širokou pohovku malého salonu a úplně vyčerpaný usnul. Klid ale nenašel. Znovu a znovu se mu míhal obraz ruky trčící z kapoty. S výkřikem hrůzy konečně vystartoval. Viděl mrtvé zírající oči, které se k němu blížily, a cítil, jak ho plácají po tváři. Trvalo mu neobvykle dlouho, než si uvědomil, že oči před jeho obličejem patří jeho angorské kočce, stejně jako náhlá vlhkost vyšla z jeho jazyka, když olizoval krev stříkající z Benovy kůže. Při vzpomínce na krev se málem znovu pozvracel. Cestou ze sebe strhl šaty, běžel do koupelny a téměř půl hodiny se sprchoval. Znovu a znovu si na kůži vyléval celou lahvičku sprchového gelu v malých cákácích – nedokázal s ním smýt vinu...

Během několika následujících dnů pečlivě četl všechny deníky, intenzivně poslouchal zprávy a zkoumal na internetu. Zdálo se, že cizinec nikomu nechybí, stejně jako si nikdo nehody nemusel všimnout. Dny deště, které začaly téže noci, pravděpodobně důkladně odstranily zbývající stopy. Ben prostě čekal, až se majitel garáže ozve a bude požadovat zbývající peníze s předáním auta.

„Nemůžete si koupit cestu ven!“

Ben se zděšeně otočil. Nikdo tam nebyl, i když ta slova slyšel jasně. Přitiskl si pěsti na spánky. „Zbláizním se! Teď slyším hlasy!“, zasténal. „V noci nemůžu spát, protože pořád vidím ty zasklené oči, které na mě zírají, a teď tohle!“

O osm týdnů později dostal krátkou textovou zprávu: „Vaše auto je připraveno.“

S bušícím srdcem a krajně nepříjemnými pocity se Ben vydal na cestu. Co nejdříve, aby nedošlo k setkání s jinými zákazníky. John ho přijal bez jakýchkoli emocí, které by stály za zmínku, a odvedl ho do garáže, kde auto čekalo pod černým plátnem.

Jako rubáš, šeptal Benovi v mysli.

„Připraven?" zeptal se John a nesměle přikývl a stáhl látku.

„Co to je?" zašeptal Ben, zbledl, sevřel srdce a hledal něco, čeho by se mohl držet. Na půlnoční černé lesknoucí se kapotě vyniklo světlé tělo urostlé ženy, která jako by narostla do auta a zvedla se z kovu. Lascivně se povalovala na Ferrari a vytvořila hloubku, která byla fenomenální kvůli lehkému zlatému prachu v podzemí.

„Pojď blíž, ta ženská už nekouše", zažertoval John s jasně slyšitelným ironickým podtónem. „Nepoužitelné ostatky jsem v noci odnesl na hřbitov a zakopal je hned vedle zdi."

Benovi málem selhaly nohy, když se blížil k autu. Nebyl si jistý, jestli to všechno byl jen špatný vtip pána, nebo jestli bylo tělo opravdu připevněno k jeho autu.

„Nebylo snadné ji zplastifikovat a pak ji pokrýt akrylem tak, aby vypadala jako umělecké dílo. Její obličej byl nárazem těžce znetvořený, tak jsem se rozhodl pro variantu naprosté beztvářnosti," řekl John naprosto nepohnutě, jako by to byla ta nejnormálnější věc, nechat oběť zmizet tímto způsobem. „Bez ohledu na to máte nyní dokonalý vůz, který může získat plný počet bodů v každé tuningové soutěži. Je to pozoruhodné, umělecky špičkové a žádný mršina si nevšimne, že je na celé věci něco rybího."

A možná vám to v budoucnu pomůže jezdit opatrněji", dodal kousavě.

Ben mechanicky přikývl, napsal šek na obrovskou rovnováhu, sedl si za volant jako vysněný chodec a nastartoval motor. Přehnaně opatrně se proplétal do provozu dálnice. Najednou se zdálo, že auto žije svým vlastním životem. Ben si udržoval odstup, místo aby málem uvízl v kufru vozidla před sebou, brzdil dlouho před semafory a dokonce nechal kolemjdoucí projet jako první na přechodu pro chodce.

Když se vrátil domů, seděl v garáži téměř hodinu a smutně se díval na štíhlé tělo na kapotě. Tento tichý rozhovor s mrtvou ženou se stal každodenním rituálem, když večer zaparkoval auto. Ben se stále více stahoval od svých přátel a od veřejnosti, čistil vozidlo sám bez výjimky a v určitém okamžiku to měl napsáno ve své závěti, místo aby chtěl být pohřben v rakvi, ve svém Ferrari.

Jeho přání se splnilo dříve, než se očekávalo. Přesně tři roky po onom osudném dni v lese mu v noci vzalo přednost v jízdě Porsche. Auto uvízlo hluboko ve dveřích na straně řidiče. Ben neměl šanci, smrt přišla ve zlomku vteřiny. Několik zbývajících přátel ho uložilo k odpočinku v jeho milovaném černém autě.

Dodnes nikdo netuší, že je to hrob pro dva a že Ben možná nikdy nenajde klid.

Hrsg. Sina Blackwood
Die
Viecher
sind
schuld
!

Hrsg. Sina Blackwood
Wo Dämonen
schön wohnen

Hrsg. Sina Blackwood
Die Zeit fliegt
mitsamt der Uhr

Happy End
im
Kettenhemd
Sina Blackwood · Matthias Albrecht · Mark Galsworthy

Hrsg.
Sina Blackwood
a z u r
-
das Blau
unendlicher Weiten
Geschichtenzauber Edition

Hrsg.
Sina Blackwood
R O T
höllisch gut

Sina Blackwood &
Matthias Albrecht
Von
Seesternen
und
anderen
Hirnlosen

Wenn
Winterwunder
wahr werden
Hrsg. Sina Blackwood

Hrsg. Knut Dammrich